DONDE LAS MARAVILLAS CRECEN

Para mi madre Laura, quien nunca ha perdido su sentido de maravillarse, y para sus nietas Xarina Yasmin, Xoraya Yxchel y Yemaya Xol.

—XELENA

Para mi papá, un alma gentil que me enseñó a maravillarme frente a los detalles y la belleza de todas las cosas.

—ADRIANA

DONDE LAS MARAVILLAS CRECEN

por XELENA GONZÁLEZ

ilustrado por ADRIANA M. GARCIA

traducido por RITA ELENA URQUIJO–RUIZ

Cinco Puntos Press
un sello de Lee & Low Books Inc.
New York

ÉSTE ES EL LUGAR
DONDE LAS MARAVILLAS CRECEN
Y LOS CUENTOS FLORECEN,

DONDE REUNIMOS NUESTRAS ROCAS MÁGICAS
Y LAS RELIQUIAS DE LA NATURALEZA.

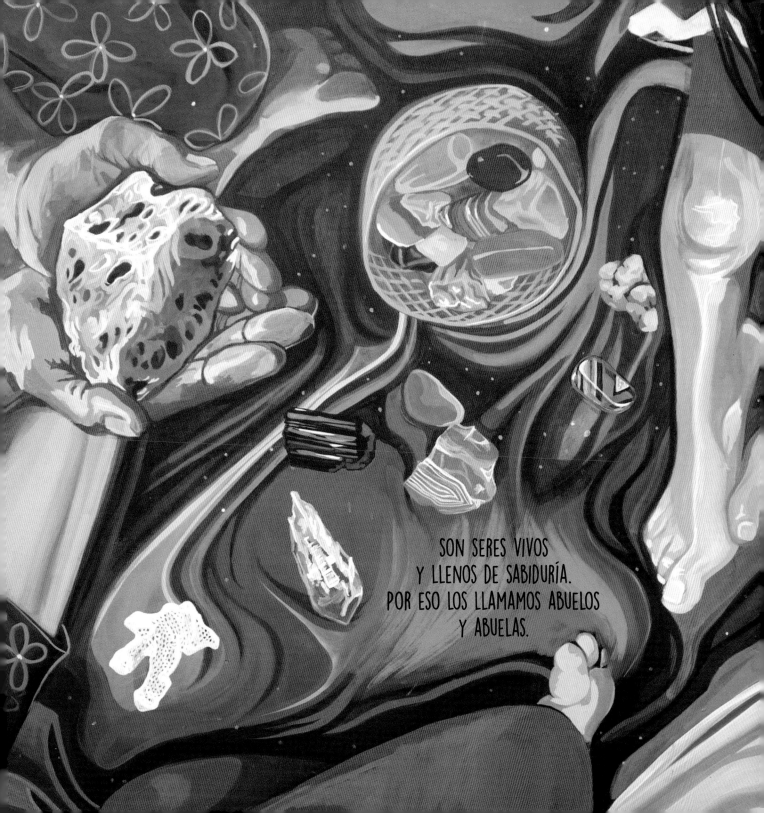

SON SERES VIVOS
Y LLENOS DE SABIDURÍA.
POR ESO LOS LLAMAMOS ABUELOS
Y ABUELAS.

ELLA NOS PIDE QUE NOS PREGUNTEMOS
POR QUÉ ÉSTA TIENE TANTOS AGUJEROS
COMO CUARTOS SECRETOS.

¡MIRAMOS ADENTRO PARA VER EL CALOR FUNDIDO BURBUJEANDO DESDE LA PANZA DE LA TIERRA, QUEMANDO NUEVAS ROCAS HASTA CREARLAS!

ABUELA DICE QUE EN EL TEMAZCAL
LAS ROCAS LES ENVÍAN CANCIONES Y ORACIONES
A NUESTROS ANTEPASADOS A TRAVÉS DEL AIRE.

—HAN SOBREVIVIDO AL FUEGO,
Y POR ESO NOS DAN FUERZA.

CUANDO TENGAMOS LA EDAD SUFICIENTE
PARA ENTRAR AL TEMAZCAL, SABREMOS
EXACTAMENTE A LO QUE ELLA SE REFIERE.

—CUÉNTANOS SOBRE LAS
QUE TIENEN SUPERPODERES
—LE PEDIMOS.

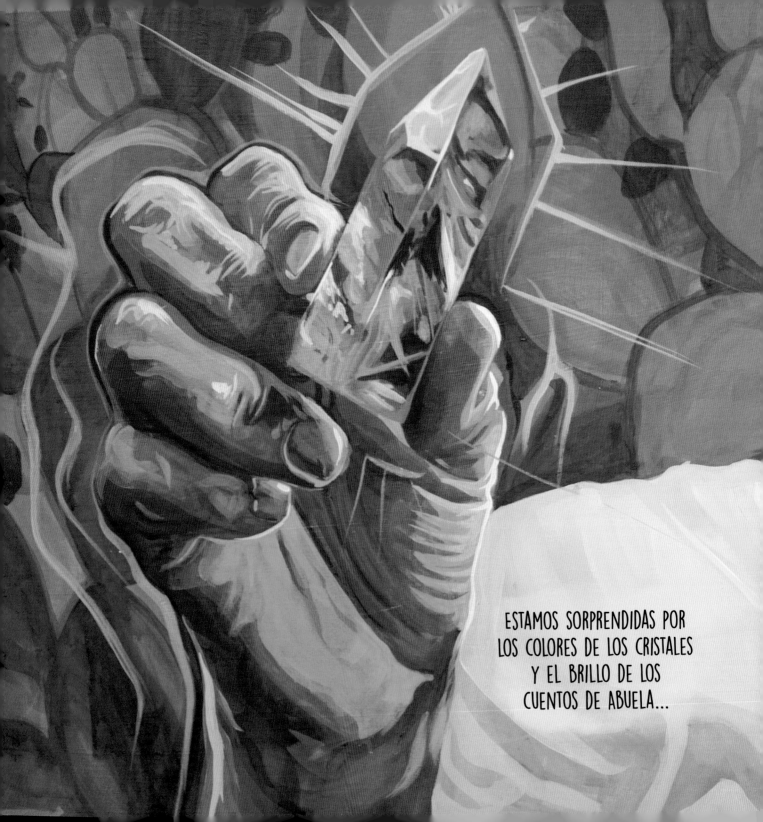

ESTAMOS SORPRENDIDAS POR
LOS COLORES DE LOS CRISTALES
Y EL BRILLO DE LOS
CUENTOS DE ABUELA...

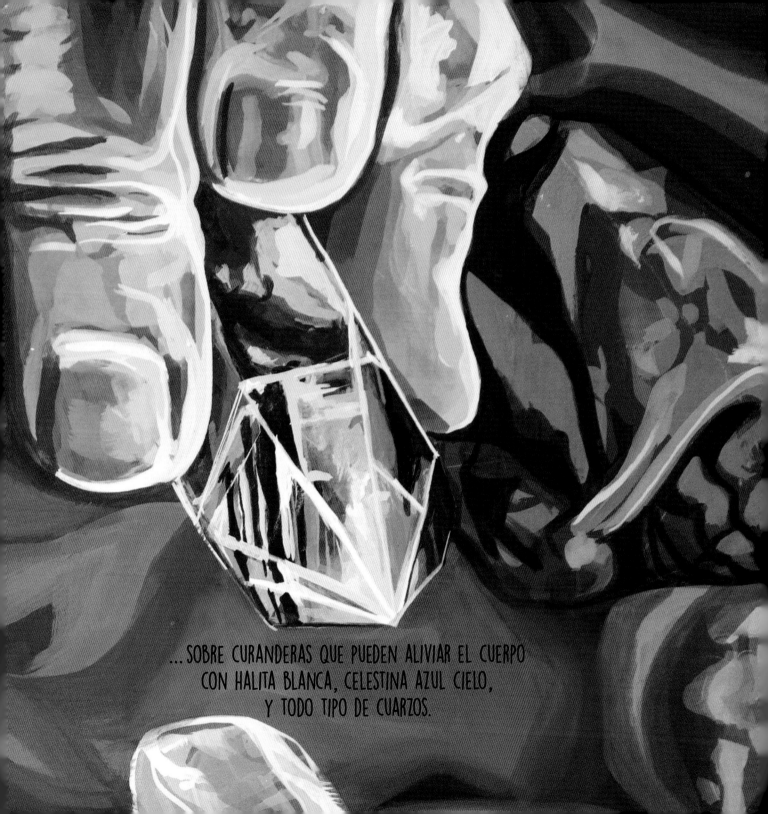

...SOBRE CURANDERAS QUE PUEDEN ALIVIAR EL CUERPO
CON HALITA BLANCA, CELESTINA AZUL CIELO,
Y TODO TIPO DE CUARZOS.

—DESDE SU NÚCLEO
HASTA LA SUPERFICIE
NUESTRA TIERRA NOS DA
TODO LO QUE NECESITAMOS
PARA SOBREVIVIR.

DESPUÉS DE CONJURAR AL FUEGO
Y DE CAVAR PROFUNDAMENTE EN LA TIERRA,
ES HORA DE SUMERGIRNOS EN EL AGUA.

NOS PREGUNTAMOS QUÉ SABIDURÍA EXISTE
EN LOS PEQUEÑOS BOSQUES BLANCOS Y
LAS CASAS DE CONCHAS,
DENTRO DEL MAR,
DONDE AÚN HAY
TANTO MISTERIO.

—EL AGUA CREA Y ROMPE HASTA LAS ROCAS MÁS GRANDES, MUY LENTAMENTE, CON EL TIEMPO.

MIENTRAS EL SOL DESCIENDE, RECORDAMOS LAS ROCAS QUE MÁS AMAMOS...

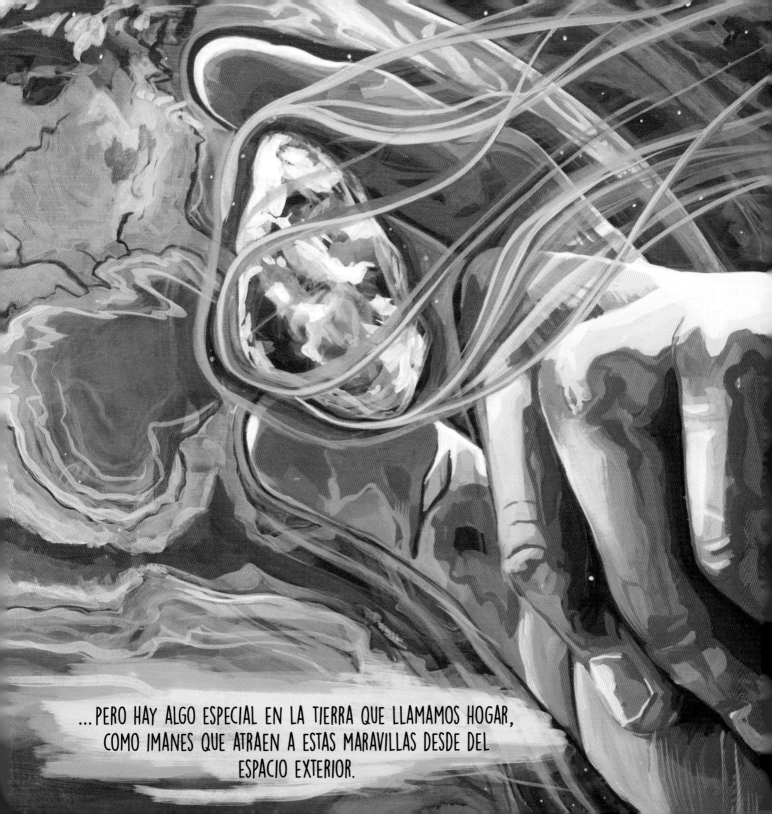

...PERO HAY ALGO ESPECIAL EN LA TIERRA QUE LLAMAMOS HOGAR, COMO IMANES QUE ATRAEN A ESTAS MARAVILLAS DESDE DEL ESPACIO EXTERIOR.

Querido lector/Querida lectora:

La idea de este libro ilustrado surgió de ustedes. Adriana y yo hemos viajado a muchas escuelas y bibliotecas de los Estados Unidos. En el camino, ustedes nos han presentado sus rocas amigas y encontradas. Nos invitaron a fiestas de rocas, sesiones de pintar piedras y búsquedas de gemas. ¡Su creencia en la magia de las rocas nos inspiró!

Adriana y yo nos divertimos al hacer arte de formas inusuales. Ella tenía una clara idea de lo que podría ser este libro, y yo organicé las palabras para que coincidieran con sus espléndidas pinturas. Estas ilustraciones son muy especiales para mí porque muestran a mi familia (a mis sobrinas, a mi madre y a mi hija), quien también apareció junto a mi padre en nuestro libro anterior titulado "*All Around Us/Por todo nuestro alrededor*".

Esperamos que nuestros libros les recuerden la conexión tan especial que ustedes tienen con sus abuelos, sus antepasados y con la naturaleza. Debido a esto, ustedes son seres poderosos y fuertes. Como una roca.

Amor y luz,
Xelena

Adriana M. Garcia

Adriana M. Garcia

LA AUTORA Y LA ILUSTRADORA

Xelena González (a la izquierda) y Adriana M. Garcia (a la derecha) son el dúo dinámico que creó *All Around Us/Por todo nuestro alrededor*. Este libro ha ganador de varios reconocimientos: el Premio Tomás Rivera de Libros México-Americanos, el Pura Belpré Libro de Honor de Ilustraciones y el Premio de Honor de Libro Ilustrado de Jóvenes Indios-Americanos, entre otras distinciones. Cuando no están soñando sobre cuentos nuevos e inusuales para los lectores jóvenes, Xelena se mantiene ocupada bailando, contando cuentos y jugando con otras formas de escritura como guiones, ensayos y poemas. A Adriana se le puede encontrar pintando murales y retratos o diseñando cosas interesantes como escenarios y páginas de internet. Ellas viven y brillan en el mismo barrio "Westside" de San Antonio (Yanaguana), Texas, donde se criaron.

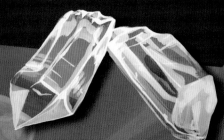

HECHOS ESPLÉNDIDOS DE LAS ROCAS

 Los elementos naturales como el fuego, la tierra, el agua y el aire se celebran en diversas ceremonias y formas de arte indígenas. Nuestro libro presenta cuatro reliquias de la naturaleza que representan estos cuatro elementos: las rocas volcánicas simbolizan el fuego; los cristales representan la tierra; las conchas reflejan el agua y los meteoritos expresan el aire.

¿Qué recolectas cuando paseas por la naturaleza? ¿Cuál es la historia de estos objetos?

 Algunas personas guardan sus hallazgos naturales más poderosos en un lugar especial como lo hace Abuela en su jardín. Otras llevan sus tesoros en una bolsa medicinal. Las llaman medicinalas porque mucha gente puede curar con las piedras y plantas proporcionadas por la naturaleza.

¿Tu familia practica algún remedio casero o remedio natural? ¿Dónde llevas o guardas los regalos especiales que te ofrece la naturaleza?

 Un temazcal es un lugar ceremonial donde las personas van a limpiarse el cuerpo y el espíritu. Para ello, se sientan en un baño de vapor natural y rezan y cantan junto a otras personas de su comunidad nativoamericana. Varias comunidades practican esta costumbre con ligeras variaciones. En nuestro cuento, las niñas deben esperar hasta ser mayores para ingresar al temazcal, pero en algunas comunidades indígenas, no hay límite de edad.

En el idioma náhuatl de México, este espacio de convivencia y oración se llama temazcal. ¡Es divertido decirlo! Puedes ensayar. ¿Tienes algún lugar especial donde vas a cantar o a rezar con alguien?

 No todas las rocas pueden recogerse. Algunos parques prohíben sacar rocas y plantas de su entorno natural. Antes de llevarte algo que has encontrado, asegúrate de verificar las reglas de cada parque. Incluso es mejor consultar con el propio ser encontrado para ver si prefiere o no irse contigo.

¿Tienes la costumbre de ponerles nombres a tus piedras? ¿También nombras las conchas, los árboles o las plantas de tu hogar?

Traducción del texto por Rita Elena Urquijo-Ruiz • Diseño del libro por Zeke Peña • Producción del libro por The Kids at Our House
El texto de este libro usa las fuentes DK Lemon Yellow Sun y Dschoyphul
Hecho en China por RR Donnelley • Primera edición   10 9 8 7 6 5 4 3 2 1
ISBN 9781947627581 (libro en rústica) • ISBN 9781947627598 (e-libro)
Biblioteca del Congreso Catalogación en Datos de Publicación están disponibles a pedido.

FSC
www.fsc.org

MIX
Paper from
responsible sources
FSC® C144853